पायलट

रौद्र

Copyright © Raudra
All Rights Reserved.

This book has been published with all efforts taken to make the material error-free after the consent of the author. However, the author and the publisher do not assume and hereby disclaim any liability to any party for any loss, damage, or disruption caused by errors or omissions, whether such errors or omissions result from negligence, accident, or any other cause.

While every effort has been made to avoid any mistake or omission, this publication is being sold on the condition and understanding that neither the author nor the publishers or printers would be liable in any manner to any person by reason of any mistake or omission in this publication or for any action taken or omitted to be taken or advice rendered or accepted on the basis of this work. For any defect in printing or binding the publishers will be liable only to replace the defective copy by another copy of this work then available.

दसवीं तक मैं जिस स्कूल में पढ़ा, मैं उस स्कूल के तमाम शिक्षकों का आभार व्यक्त करना चाहता हूँ जिन्होंने कही न कही, मुझे लेखन की क्षेत्र में उत्तीर्ण होने का और अपनी लेखन को और भी उचाइयों तक ले जाने का आशीर्वाद दिया। मैं उन तमाम स्कूली मित्रों, सहपाठियों का भी आभार व्यक्त करता हूँ। जिन्होंने भले ही मन या बेमन से उस वक़्त मेरी हस्तलिपि को पढ़ी और सुझाव भी दिया की इसे और बेहतर किया जा सकता हैं।

खासकर मैं अपने हिन्दी के शिक्षक श्री आशुतोष पांडे महोदय जिन्होंने मुझे प्रेरित करने के लिए और एक बार उन्होंने कहा भी था, "पढ़ तो सब कोई सकता है, लेकिन लिखना सब के बस की बात नहीं है। इसीलिए बेटा तुम लेखन में सफल हो या न हो लिखना कभी मत छोड़ना।"

धन्यवाद आप सभी का।

क्रम-सूची

पाठकों के नाम	ix
आमुख	xi
1. अध्याय 1	1
2. अध्याय 2	11
3. अध्याय 3	17
4. अध्याय 4	21
5. अध्याय 5	28
6. अध्याय 6	32
7. अध्याय 7	37
8. अध्याय 8	39
पाठकों के लिए	41

प्रत्येक लेखक के नाम, जिसने मुझे प्रेरित किया...

पाठकों के नाम

इससे पहले की आप इस किताब को पढ़ना आरंभ करें, मैं आपसे आग्रह करुंगा की आप इन पंक्तियों को एक बार पढ़ लें। आपकी ऐसा करने में पाँच मिनट से ज़्यादा का वक़्त नहीं लगेगा, अपितु आप समझ सकेंगे की यह किताब किस मानसिकता के साथ लिखी गई।

यह कहानी एक फुटबॉल खिलाड़ी के इर्द गिर्द घूमती है, उसके जीवन का प्यार, संघर्ष, परिवार__ इत्यादि को मध्य नजर रखते हुए लिखी गई है। यह मूल से एक काल्पनिक कहानी है जिसे मैंने आठवीं कक्षा में लिखा था, जी हाँ आप ने सही पढ़ा इस किताब को मैंने आठवीं कक्षा में लिखा था और आज 6 साल बाद भी जब ये किताब आप तक पहुँच रही है इसमें कोई फेर बदल नहीं किया गया है। क्युकी मैं चाहता हूँ की लोग एक नवमी कक्षा में पढ़ रहे विद्यार्थी की मानसिकता जान पाए।

जैसा की आप सब जानते है कि किताब का नाम 'पायलट' है, तो इसका ये मतलब नहीं समझ जाईएगा की इसमे किसी पायलट के जीवन के बारे में लिखा हुआ है, नहीं ऐसा बिलहूल नहीं है, अब आप सोच रहे जोनगे की अगर कहानी फुटबॉल पर है तो भला नाम पायलट क्यू, इसका जवाब आपको अध्याय 1 में मिल जाएगा। कहानी 'प्रवीण' नाम के पात्र के इर्द गिर्द घूमती नज़र आएगी जो की पेशे से तो फिलहाल विद्यार्थी है पर एक अच्छा फुटबॉल खिलाड़ी भी।

यह किताब एक सेल्फ-पब्लिश्ड किताब है, यानी की इसकी लेखनी से लेकर संपादन तक मैंने ही किया है। हो सके कही आपको व्याकरणीय गलतियाँ मिल जाए तो उसे आप यदि नजरंदाज कर देंगे तो ज़्यादा बेहतर होगा।

धन्यवाद! अब आप प्रीष्ठ पलट सकते है।

आमुख

वक्ता,"दोनों टीमों ने की है बेहतर सुरुआत एक तरफ है कोलकाता टाइगर तो दूसरी तरफ है वीर भोपाल। वीर भोपाल के कप्तान प्रवीण जो यूनिवर्सिटी में अपना लोहा मनवा चुके है उनकी टक्कर हो रही है कोलकाता टाइगर से जिसमे जर्मनी की तरफ से फिफा खेल चुके कुछ दिग्गज खिलाड़ी भी है। अब देखना दिलचस्प होगा की यहा जीत किसकी होती है कभी न हार मानने वाली टीम वीर भोपाल की या कोलकाता टाइगर की।"

घर पर सभी लोग टीवी से यूँ चिपके हुए है मानों वे टीवी नहीं, टीवी उनको देख रहा है। मुखिया काका वहाँ आए रवींद्र ने उनका अभिनंदन किया। वे बोले," भगवान ऐसा बेटा सबको दे। एक दिन प्रवीण ने ही मुझसे कहा था, मुखिया काका मैं फिफा जीत लूँगा और आज देखो वह टीवी पर आ रहा है।"

वहाँ प्रिया भी घर के मंदिर में भगवान की पूजा कर रही थी। यह देखकर हृदय बहुत खुश हुए।

वक्ता ,"और और ये लगा वीर भोपाल की तरफ से पहला गोल, मगर कोलकता टाइगर भी कुछ कम नहीं कोशिश उनकी बरकरार है और ये उन्होंने भी दागे एक गोल। दोनों टीमों की स्कोर बिल्कुल बराबर बस देखना दिलचस्प होगा की कौन सी टीम बाजी मार जाती है और इसी के साथ टाइगर का एक और गोल वीर पीछे, मगर यह क्या वीर भोपाल के दो दो खिलाड़ी जखमी हो गए लगता है से सौकर का नहीं जंग का मैदान है। वीर भोपाल की टीम का हौसला कही डगमगा रहा है, मगर प्रवीण के आँखों मे उम्मीद की किरने अभी भी जगमगा रही है। सपनों पर पानी फेड़ते हुए टाइगर का तीसरा गोल।" और इसी के साथ दिरस्त राउन्ड खत्म।

प्रवीण अपने टीम के पास गया और बोला,"क्या हो गया है तुम लोगोंन को, तुम लोग ठीक से खेल क्यू नहीं रहे हम यहा जीतने आए है न, की नाक कटवाने।"

आमुख

एक खिलाड़ी बोला,"क्या क्रे प्रवीण भाई यहां की मैदान ही वैसी है। हमारे यहाँ की मिट्टी थोड़ी नरम थी, मगर यहा की मिट्टी मानों पत्थर।"

"मैं समझ सकता हूँ तुम लोग क्या कहना चाहते हो। मगर एक बात तुम लोग शायद भूल रहे हो, हिमेश डर ने क्या कहा था – बी पायलट टू यॉर्सेल्फ, अपने अंदर के पायलट को जगाओ और इन्हे बता दो की हम वीर भोपाल क्या क्या कर सकते है।"

1

(I)

भगवान ने हम मनुष्यों को सौ साल का उम्र दिया है। मगर इन सौ सालों मे हमें न जाने कितने ही मुश्किलों का सामना करना पड़ता है, हमारे जीवन में यदि चुनौतियाँ न आए तो हमें आगे बढ़ने की सिख कैसे मिलेगी, जब चुनौतियों के समंदर में हम डूबने लगते है तब कोई न कोई तैराकी आ ही जाता है हमे बचाने।

टेलिविज़न पर फूटबॉल का मैच चल रहा है, बड़ी संख्या में लोग उस मैच को देखने आए हुए है। इंतज़ार है सभी को अपने-अपने टीम की जीत पर जश्न मनाने का, एक टीम नें दो गोल दागे और बदले में दूसरी ने भी दो, मुकाबला टक्कर का हो चला था, साँसे फूल रही थी, गला सुख रहा था, उम्मीद की किरण जगमगा रही थी की कब 90 मिनट खत्म हुए और मैच ड्रॉ हो गई पता भी न चला।

“चलो भैया, मैच तो अब ड्रॉ हो चुका। अब क्या देखने को रहा, चलो अपने-अपने घर रात भी बहुत हो चुकी है।“ गाँव के मुखिया ने गाँव वालों से कहा। सभी लोग चले गए मगर कोने में एक नाबालिक बैठा था उसके आँखों मे सुनहरे कल की खवाइश गोते लगा रही थी।

मुखिया जी उस बालक के पास गए और पूछे,”प्रवीण बेटा तुम घर क्यू नहीं गए ?”

उस बालक ने प्रशन किया,”मुखिया काका, लोग बड़े हो जाने के बाद क्या करते है ?”

“बेटा, लोग बड़े होने के बाद शहर जाते है, वहाँ अच्छे वेतन पर नौकरी करते है। शादी करते है, बाल बच्चेदार बनते है, बूढ़े होते है, दादा-नाना बनते है और फिर जहां से आते है वहां चले जाते है।“

“जहां से आते है वहां चले जाते है, मतलब ?”

“आओ यहां।“ मुखिया जी प्रवीण को बाहर लेकर गए, उन्होंने कोठरी को ताला लगाया और खुले आसमान के नीचे चले गए, जहां आसमान में तारे टिमटिमा रहे थे। मुखिया जी ने उस तारे की ओर इशारा करते हुए बोला,”वहाँ, आसमान में तारे देख रहे हो न।“

“हा।“

“तो लोग व-ही बन जाते है।“

“यानि की मेरी दादी भी तारा बन गई होगी ?”

“हाँ बेटा ।“

“मगर मुझे तो वह दिखाई नहीं दे रही।“

“बेटा, वह हम सबों की बस की बात नहीं है। उसके लिए दिव्य-दृष्टि की जरूरत पड़ती है।“

“दिव्य-दृष्टि।“ प्रवीण कुछ भुनभुनाया और फिर बोल,”काका, दिव्य-दृष्टि वही होता है न जो वाल्मीकि जी ने राम को दिया था, महाभारत का लड़ाई देखने के लिए।“

“वाल्मीकि जी ने राम जी को नहीं, वल्की महाॠषि वेदव्यास ने संजय को दिया था ।“

वे दोनों यूँ ही बाते करते जा रहे थे, तो प्रवीण को रास्ते में एक फुटबॉल फेंकी हुई मिली, उसने उसे उठा लिया और बोला,”वाह! फुटबॉल, ये तो मेरा फेवरेट गेम है, एक दिन देखना काका मैं फिफा जीत लाऊँगा।“

“वह तो ठीक है बीटा।“ मुखिया जी प्रवीण को आगे समझाते हुए बोले,”मगर प्रवीण ये तुम्हारी संपत्ति नहीं है। ये तो किसी का गिर गया या छूट गया होगा, और दूसरों की चीज़े लेना तो गलत बात है न।“

“मगर.....।“ प्रवीण कुछ सोचा और फिर बोला,”कोई बात नहीं काका, मैं इसे आज अपने घर ले जा रहा हूँ, कोई पूछेगा तो उसको दे दूंगा।“

-

दूसरे दिन सभी बच्चे स्कूल गए, प्रवीण भी गया। आज उसका स्पोर्ट्स क्लास था, और आज ही उसके कक्षा के कुछ चुनिंदे बच्चों को चुना जाना था जो की फूटबॉल के बारे में जानकारी रखता हो और खेलने में सक्षम हो। प्रवीण उत्साहित था, उसने अपनें साथी कबीर के कान में भुनभुनाया,"देखना कबीर, कोई हो न हो मैं तो जरूर सिलेक्ट हो जाऊंगा।"

"हाँ, पता है रे ! तू तो हो ही जाएगा मगर मैं, मेरा क्या ?" कबीर निराशा जताते हुए भुनभुनाया।

"अरे! तू टेंशन क्यू लेता है ? अगर मैं हो गया तो देखना मैं पक्का तुम्हें भी चुनवा लूँगा।" प्रवीण बात खत्म करके आँख मारा मानों उसके पास कोई युक्ति हो जिससे वह और कबीर दोनों चुने जाए।

कुछ छन के विराम के पश्चात स्पोर्ट्स टीचर मिस्टर हिमेश कक्षा में आए और बोले,"सो, माई डिअर स्टूडेंट्स हाउ आर यू ?"

सबों ने कहा,"फाइन सर।"

"सो, आर यू ऑल इक्साइटिड फॉर द सिलेक्शन।"

सबों ने कहा,"एस सर।"

"सो, मैं डिअर स्टूडेंट्स, सिलेक्शन से पहले मैं आप-लोगों को एक फैक्ट बताना चाहता हूँ, फूटबॉल से रिलेटेड। अच्छा पहले तो मुझे ये बताओ की वर्ल्ड में सबसे फेमस गेम कौन सा है ?" उत्तर देने के कक्षा के लगभग सभी बच्चों ने हाथ उठाया, सर ने कबीर को उठाया,"सर, क्रिकेट। इट्स प्लेड बाई ओवर 150 मिलियन प्लेयर।"

"ऑफ कोर्स, मे बी, बट यूर ऐन्सर इज रौंग। द करेक्ट ऐन्सर इज फूटबॉल विच इज प्लेड बाई ओवर 250 मिलियन प्लेयर इन 200 कंट्रीज ।"

तभी किसी ने पूछा,"सर कैन यू तेल उस सम्थिंग अबाउट फूटबॉल।"

"ऑफ कोर्स, ह्वाइ नॉट। मैं इसी के लिए तो यहां आया हूँ, और मैं स्पेसईअली तुम लोगों का क्लास इसीलिए ले रहा हूँ, क्युकी तुम सभी लोग रुल्स जानते हो की फूटबॉल में क्या करना चाहिए और क्या नहीं। सो, डिअर स्टूडेंट्स प्लीज कम आउट एण्ड लेट्स दु इट प्रकटिकाली।"

हिमेश सर बच्चों को फूटबॉल की फील्ड में ले गए और खेल के बारे में समझाने लगे,"सो, डिअर स्टूडेंट्स ये है एक फूटबॉल फील्ड अब जरा कान्सन्ट्रैट होकर सारी बातें सुनना। फूटबॉल, यह दो टीमों के बीच खेला जाता है, एक स्फेरिकल बॉल के साथ क्रिकेट की तरह ही इसमें 11 प्लेयर होते है। गेम केबल और केबल गोल बनाने से ही जीता जाता है, गोल करने के लिए एक टीम अपने अपोनन्ट टीम के नेट में गेंद फेंकती है, नेट के पास गोल्कीपर होता है जो गोल करने से रोकता है। फूटबॉल का साइज़ 68.5 cm से 69.5 cm ही होन चाहिए।

और अगर रुल्स की बात करे तो यू ऑल नो द रुल्स, दैट हाउ तू प्ले इट। मगर एक सवाल है जो फिर भी छूट जाता है और वह यह है की ये गेम शुरु कैसे हुआ। सो, मई डिअर स्टूडेंट्स 1,4001 ईसा पूर्व में चीन के सॉन्ग साम्राज्य ने इस खेल की नींव रखी थी उस वक्त इसका नाम था 'चोकु'।

तो अब इतना जानकारी देने के बाद अब मैं देखना चाहता हूँ, अब आप सभी इस गेम को कैसे खेलेंगे।"

गेम खेलने का नाम सुनते ही सभी बच्चों मे उत्साह की लहर दौर पड़ी। कक्षा में कुल 30 बच्चे थे तो 15-15 करके कक्षा को दो भागों में बांटकर गेम का सुभारम्भ किया गया। केबल प्रवीण को छोरकर किसी और ने अच्छा प्रदर्शन नहीं किया।

हिमेश सर ने प्रवीण को शाबाशी दी,"वाह ! प्रवीण कीप इट अप। तुमने तो कमाल कर दिया।"

प्रवीण ने कहा,"सर, अकटुआली फूटबॉल मेरा फेवरेट गेम है, और मैं घर पर अक्सर इसका प्रेकटीस करता हूँ।"

"ओ! सो प्रेकटीस मेक अ मैं परफेक्ट।" हिमेश सर ने बच्चों को समझाया,"देखों बच्चों ये जो हमारा लाइफ है, फूल ऑफ चेलेंज है। तुम लोगों ने जो परफॉरमेंस अभी दिया है, वह बहुत बेककर था। एक बात हमेसा याद रखना लाइफ में सफल होने के लिए हर इंसान को एक पायलट की जरूरत होती है, और वह पायलट कोई और नहीं, वह इंसान खुद हैं। तुम सबों में वह पायलट है बस देरी है तो उस पायलट को जगाने की।"

रौद्र

उसी वक्त किसी ने पूछ दिया,"सर, अगर हम सभी में पायलट है तो हम सभी लोग प्लेन क्यू नहीं उड़ाते?"

"बेटा, यहां मैं वह पायलट की बात नहीं कर रहा। यहां पायलट का मीनिंग है – वह जो हमें रास्ता दिखाए। सो, अलवेज रेमएबेर बी पायलट तू यॉर्सेल्फ। लाइफ में वही इंसान सफल होता है जो अपने अंदर के पायलट को जगा लेता है।"

–

रात्री में प्रवीण जब घर पे खाना खा रहा था तब उसने अपनी माँ से कहा,"पता है माँ, आज हिमेश सर ने मुझे शाबाशी दी।"

"शाबाशी दी, किस चीज के लिए।"

"क्युकी आज मैं फूटबॉल के मैच में फर्स्ट आया था। और पता है माँ उन्होंने ये भी कहा था की लाइफ में सफल होने के लिए हर इंसान को एक पायलट की जरूरत होती है और वह पायलट कोई और नहीं वह इंसान खुद ही होता है।"

"अब अगर तुम्हारा और तुम्हारे हिमेश सर की बातें खत्म हो गई हो तो जाओ और जाकर सो जाओ।"

"ठीक है माँ।" यह कहकर प्रवीण सोने चला गया। तभी उसके दादा जी (रवींद्र) की आवाज़ (साधना) प्रवीण की माँ को सुनाई पड़ती है,"बहु, जरा खाना लगाना तो।"

"आई बाबू जी।" कहकर साधना भोजन लेकर दादा जी के समक्ष गई। दादा जी ने कहा,"बहु एक बड़ी दुख की खबर है, पायल के पट्टी का देहांत हो गया है, बेचारी की अभी-अभी शादी हुई थी।"

साधना यह सुनकर भाभूक हो उठी। उसे अपनी आप बीती याद आई, और वह (रणदीप) प्रवीण के पिता को याद कर रोने लगी। दादा जी को स्थितः देख समझते देर न लगी। उन्होंने साधना को हिम्मत देते हुए बोला,"बहु, खुद को संभालो। जो बीत गई सो बात गई, वह तो पर्देशियां है एक न एक दिन जरूर आएगा।"

"बाबू जी, मगर वे आएंगे कब, पता नहीं अभी कहाँ होंगे किस हाल में होंगे। भगवान से प्रार्थना करती हूँ वे जहाँ भी रहे सुख-शांति से रहे।"

बेचारा प्रवीण अपने कमरें की खिड़की से सभी घटनाओ के बारे में सुन रहा था।

–

रात गई सो बात गई, दूसरे दिन रवींद्र जी के घर मुंडा जी लकड़ी के व्यापार करने हेतु आए, मगर दरवाजे पर खड़ा उनका बहरा नौकर उन्हे रोक दिया,"रुकिए, आप अपना पूरा परिचय तो दीजिए।"

"रवींद्र जी को जाकर कह दो मुंडा जी आए है।"

नौकर घर में गया रवींद्र सुबह-सुबह चाय की चुस्की ले अखबार पढ़ रहे थे, नौकर किकू वहाँ गया,"मालिक गुंडा जी आप से मिलना चाहते है।"

"गुंडा जी।" रवींद्र भुनभुनाए और फिर बोले,"अच्छा जाओ पूछकर आओ किस काम के लिए आए है।"

किकू बाहर गया उसने पुनः प्रश्न किया,"हाँ तो गुंडा जी, आप किस काम के लिए आए है।"

"रवींद्र जी से लड़की का व्यापार करना हैं।"

किकू अंदर गया उआर बोला,"मालिक गुंडा जी आपसे लड़की का व्यापार करना चाहते है।"

यह सुनकर रवींद्र का खून खौल उठा, उन्होंने कहा,"धक्के मारकर निकाल दो।"

किकू बाहर गया और बोला,"हाँ तो गुंडा जी आप मुझे धक्के मारिए और अंदर जाइए फिर क्या मुंडा जी ने ठीक वही किया।

-

रविवार का दिन था, तो प्रवीण कबीर के घर गया और वहां पर फूटबॉल की प्रैकटीस करने लगा, कबीर जब थक गया तो उसने कहा,"यार प्रवीण बहुत खेल लिया, चलो अब थोड़ा रेस्ट करते है।"

प्रवीण अब तक थका नहीं था फिर भी उसने अपने दोस्त की बात माँ ली, उसने कहा,"ठीक है, मगर कल सिलेक्शन होने वाली है न। अगर प्रैकटिस नहीं किया तो कही दिसकुआलीफ़ाई हो जाऊंगा।"

"अरे! यार तू भी क्या बात कर रहा है, भला किस में इतनी हिम्मत है जो मेरे फ्रेंड प्रवीण को चैलेंज कर सके।"

"मुझमे है।" उंगलियों पर सुदर्शन चक्र की तरश फूटबॉल को नाचता हुआ मुन्ना वहां आया,"तुम्हें क्या लगा प्रवीण, हिमेश सर ने एक बार तुम्हें कुआलीफ़ाई कर लिया तो बार बार तुम ही जीतोगे।"

"मैंने ऐसा कब कहाँ।"

"हा, किस मुँह से कहोगे।" मुन्ना ने कुछ गालियां दी प्रवीण मुसकुराते हुए बोला,"अच्छी बाते कर रहे हो मुन्ना, वैसे एक बात तुम्हें मालूम यही, ये जो तुम बोल रहे हो न जरूर तुम्हारे पापा ने ही सिखाया होगा।"

मुन्ना तो था की ऊटपटाँग मिजाज का उसे भी चुटकी लेने का मौका मिल गया, उसने प्रवीण से कहा,"जिसके खुद के पापा घर से भागे हो वह दूसरे के पापा के बारे मे ऐसे ही तो सोचेगा।"

प्रवीण को गुसा आया, मगर उसने कुछ नहीं कहा। वह चुप-चाप अपना फूटबॉल उठाया और चला गया, मुन्ना चिल्लाते हुए बोल,"भाग गया डरपोक।"

◦◦◦

(II)

सुबह सुबह प्रवीण नास्ता कर रहा था, तब उसने साधना से पूछा,"माँ एक बात पूछूँ।"

"हाँ पूछो।"

"पापा के बारे मे पूछना है।"

साधना साफ मना करते हुए बोली,"देखो प्रवीण मैं पहले भी कह चुकी हूँ, और आज भी कह रह रही हूँ मुझसे ये सवाल मत पूछना।"

"मगर क्यू माँ, दादा जी से पूछता हूँ तो वे कहते है अभी नहीं। आपसे पूछता हूँ तो आप डांटने लगती है, मतलब ये क्या है ?" प्रवीण चुपचाप उठा और स्कूल बैग लेकर चला गया। साधना देखि की उसका फ़ॉर्म वहाँ छूट गया मगर सौभाग्य बस कबीर वहाँ आया।

स्कूल के प्ले ग्राउन्ड में प्रवीण चुप-चाप बैठा हुआ था, कबीर दौड़कर उसके पास आया,"हे! प्रवीण मैंने तुम्हें कहाँ कहाँ नहीं ढूंढा यार और तुम हो यहां बैठे हुए हो। क्या हुआ ?"

"कुछ नहीं।" प्रवीण वहाँ से उठा और चला गया कबीर भी उसके पीछे पीछे जाने लगा। "कबीर अगर तू मेरा फ्रेंड है तो मुझे कुछ देर के लिए अकेला छोड़ दे।"

"बट हुआ क्या है? तुम इस प्रकार गुस्सा में रहोगे तो दिसकुआलीफ़ाई हो जाओगे, कॉम्पटीसन शुरू होने में मात्र 5 मिनट बचे हुए है, और फ़ॉर्म भी तो जमा करनी है।" प्रवीण ने कहा,"ओ! नो, थैंक्स कबीर।" और अपनी कक्षा की ओर भागा।

प्रवीण ने अपने बैग में ढूँढे, लेकिन उसे फ़ॉर्म नहीं मिला। कबीर ने कहा,"क्या हुआ मिस्टर प्रवीण फ़ॉर्म नहीं मिला।" इसके बाद उसने प्रवीण को फ़ॉर्म दिया, प्रवीण दौड़कर गया और फ़ॉर्म को सबमिट कर दिया।

मैच शुरू हो गया, मुन्ना उसके विपक्ष से खेल रहा था। गेम अच्छी खासी चल रही थी, प्रवीण के सर से बॉल गुजरा तो उसने सर के बल से बॉल मारकर एक गोल दागा। मुन्ना ने भी वही तरीका आजमाया मगर वह लुढ़क गया।

कबीर को कही से खबर मिली की प्रवीण क्वालफाइ हो चुका है, उसने चिल्लाते हुए कहा,"प्रवीण, प्रवीण तुम क्वालफाइ हो गए, स्कूल टीम में तुम्हारा सिलेक्शन हो गया।" यह सुनकर प्रवीण को और बल मिला उसने पेले किक से एक और ....

12 साल बाद ।

............गोल दागा, इस वक्त प्रिया वहाँ महज़ूद थी। पूरा यूनिवर्सिटी तालियों की गूंज से भर गया, दो राउन्ड खत्म और प्रवीण की टीम 5 गोल दाग कर विजय बनी। यूनिवर्सिटी में यह पहली बार हुआ था की किसी टीम ने पाँच गोल दागी हो। सभी लोग प्रवीण को बढ़ई देने को उत्तारू थे।

प्रवीण मुन्ना के समीप गया और बोला,"क्यू मुन्ना कैसा लगा 440 वॉल्ट का झटका, वैसे भाई हम लोग बचपन की दुश्मनी को भुलाकर क्यू न दोस्त बन जाए।"

मुन्ना भी बदल चुका था, उसने कहा,"अब जिसकी फैन पूरी यूनिवर्सिटी हो उस से दुश्मनी करने से केबल हार ही मिलेगी। सॉरी प्रवीण 12 साल पहले जो भी हुआ, उसे भूल ही जाना सही है।" इसके बाद

क्या था दोनों गले लग गए, कबीर और प्रिया ने तालियों के साथ नए दोस्त का आगाज किया।

–

एक रात यूनिवर्सिटी में जब प्रवीण अपने कमरे में सोने जा रहा था, तब उसे किसी चीज की बदबू महसूस हुई उसने अपने साथी कबीर से कहा,"यार कबीर ये बु किस चीज की है।"

"पता नहीं, शायद गैस की होगी।"

'गैस की।" प्रवीण को यह समझते देर न लगी की वह गैस की बदबू कहाँ से आ रही थी, वह दौड़कर भागा कबीर पूछते रह गया,"कहाँ जा रहे हो प्रवीण...... ।" मगर कोई उत्तर नहीं मिला। प्रवीण दूसरी मंजिल के सीढ़ी घर में गया मगर वहाँ ताला बंद था। "ओ! शेट।" कहकर प्रवीण ने दरवाजे पर एक लात मारा।

कबीर वहाँ पहुच चुका था, वह हाफ रहा था, उसने पूछा," क्या हुआ प्रवीण?"

"कुछ नहीं, पहले ये बताओ समय कितना हो रहा है।" प्रवीण ने ऐसे पूछा मानों अगले पल कोई अनहोनी होने वाली हो, वैसी अनहोनी जो कभी न हुआ हो। कबीर ने उत्तर दिया,"11:00 बज रहा है।"

"ओ नो यानि मात्र 15 मिनट बाकी है, और जल्दी इसे रोका नहीं गया तो पूरा यूनिवर्सिटी जलकर राख हो जाएगा।"

"क्या? ऐसा कैसे हो सकता है।"

"अकटुआली ये कोई एलपीजी गैस का बदबू नहीं है, ये मिथेन बम है।"

कबीर को यह बात समझ नहीं आई की यह मिथेन बम आया कहाँ से और उसने इस बम के बारे मे पहली बार ही सुना है, उसने पूछा,"यार, प्रवीण आज तक तो मैंने हाइड्रजन बम, नेऊकलेयर बम, ऐटम बम के बारे में सुना था। ये मिथेन बम कोई नया फॉर्मेशन है क्या ?"

"हाँ, वही समझो। दरअसल आज लैब में एक्सपेरिमेंट करते वक्त ये हादसा हो गया और गलती से ये बम बन गया।"

"वे सब तो ठीक है, मगर अब क्या करें। सिर्फ 10 मिनट ही बची हुई है।" कबीर को चिंता सताये जा रही थी की कैसे भी करके 10 मिनट

निकल गया मगर बम फटने की जगह पूरी यूनिवर्सिटी में लाइट जली और चारों तरफ "हैप्पी बर्थ डे का धुन सुनाई देने लगा। वास्तव में वह कोई बम नहीं था, वल्की कबीर का जन्मदिन था। सभी लोगों ने कबीर को बर्थ्डे विश किया।

फिर केक-शेक कटा, कबीर केक काटकर बोला," मैं ये केक का पहला टुकड़ा किसे दूँ।"

प्रवीण ने तुरंत कहा,"ओए! देगा किसे सबसे पहले मुझे दे। दोस्त हूँ तेरा।"

"दोस्त हूँ तेरा, बर्थ्डे के दिन ही मुझपर प्रैंक करना सुझा था तुझे।"

"अरे! कबीर... ।" प्रवीण कुछ कहता की कबीर ने कहा,"मुझे मालूम है, तू कहना क्या चाह रहा है।" और उसने उस केक का पहला टुकड़ा प्रवीण को दिया।

2

(I)

रात में पार्टी-शर्ती हुई सभी लोगोंन ने कबीर का बर्थ्डे बड़े ही धूम धाम से मनाया। दूसरे दिन का सूरज उगा, प्रवीण स्विमिंग पूल में तैराकी कर रहा था, उसी वक्त कबीर दौड़ा दौड़ा वहाँ आया। प्रवीण पूल के कीनारे आया और बोला,"क्या ? घोटक क्या खबर लाए हो ।"

"देख यार प्रवीण तू मुझे ये घोटक मत बुलाया कर।"

"अब भला मैं कर भी क्या सकता हूँ।" प्रवीण बाहर निकला उसने तौलिए से हाथ-पैर पोंछे और फिर बोला,"तुम हमेसा घोड़े की तरह दौड़कर मेरे पास आते हो, तो घोटक नहीं तो क्या मोटक कहेलाओगे, खैर छोर ये बता ऐसे दौड़कर आया क्यूं?"

कबीर ने समाचार पत्र में से न्यूज हेड्लाइन दिखाते हुए कहा,"मौका बढ़िया है, झपट ले कस के।"

"हाँ, झपट लेने से पहले क्या उन्हे मालूम है ? जिन्हे यह झपटना है।"

"अरे! चिंता मत कर मालूम हो या न हो, एक छोटा स सप्राइज़ तो दे सकते हो।"

"तो ठीक है।"

प्रवीण ने पहले यूनिवर्सिटी से पर्मिशन मांगी और प्रिया को कहीं ले गया। रास्ते में प्रिया ने अनेकों बार पूछा,"जस्ट तेल मी प्रवीण, कहाँ जा रहे है हम।"

"यूँ ही कही घूमने फिरने।" हर बार प्रवीण का यही उत्तर होता था प्रिया ऊब रही थी वह बोली,"स्टॉप द कार।" प्रवीण का कोई प्रतिउत्तर

नहीं था, मायूस प्रिया चुप चाप बैठी प्रवीण के साथ जा रही थी।

प्रवीण एक जगह कार को पार्क किया, वे दोनों कार से उतरे, प्रिया की पहली नज़र एक वेडिंग हॉल पर पड़ी,"माइ फुट ये तुम मुझे कहाँ ले आए।"

"हाँ प्रिया, तुम्हारा सपना भी तो यही था। सो, आई गॉट आ चांस तू फूल फिल इट।"

"प्रवीण आर यू मैड, तुम मुझे इस वाहियात जगह पर ले आए और कहते हो ये मेरा सपना था।"

"हाँ, तो इसमे प्रॉब्लेम क्या है ? तुम्हीं ने तो कहाँ था।"

"यार......... मैं बोली थी, बट अभी ....।"

"हा, अभी ही चलो.....।"

"शादी करने ?"

"हाँ.....। क क क क क्या ?" प्रवीण की नज़र वेडिंग हॉल पर पड़ी, उसे मामला समझते देर न लगा, तुरंत स्थित को संभालते हुए बोला,"जानेमन आप अपनी नजर को बाई तरफ घुमाइए, आपका सपना वह नहीं ये है।"

प्रिया बाई तरफ मुड़ी तो वह सामने देखी 'रॉक इंग्लिश क्लास' यह देख वह हर्षो-उल्लास से भर गई और बोली,"थैंक्स, प्रवीण। यू आर माइ रियल फैथ।"

प्रवीण ने कहा,"अब क्या हुआ ? कुछ सेकंड पहले लग रहा था की पूरा....। और अब, मैडम इतना गंदा सोच नहीं है मेरा जो यूनिवर्सिटी से यहां लेकर आऊँ और शादी कर लूँ, अच्छे-खासे खानदान से हूँ, ये सब मुझे सोभा नहीं देता।"

"वह तो सब को पता है।" फिर वे दोनों उस म्यूजिक क्लास के उस्ताद से नामांकन के लिए मिलने गए मगर यहां पर सीट पहले से ही भड़ी हुई थी। उस्ताद ने नामांकन को नामंजूरी दे दी।

प्रवीण ने हाथ पैर पसारे मगर कुछ नहीं हुआ, उस्ताद बोले,"देखिए, मेरे पास तो सीट फूल हो चुकी है, आप लोग ऐसा क्यू नहीं करते किसी सिंगर से डायरेक्ट कान्टैक्ट कर ले और उसके बाद तो आपका काम हो ही जाएगा।"

सिंगर शब्द सुनकर प्रिया तो खुश हुई पर प्रवीण को ये कुछ अटपटा स लगा, उसने कहा,"देखिए उस्ताद जी हम दोनों तो यहां कुछ उम्मीद के साथ आए थे, खैर कोई बात नहीं यहां आस पास अगर कोई दुसरा म्यूजिक क्लास है तो बताइए जरा।"

"जी, मुझे जहाँ तक याद है एक इंकम टैक्स ऑफिस के पास है।"

"इंकम टैक्स ऑफिस, और ये यहाँ से कितनी दूरी पर है।"

"पास में ही है, 5 कदम।"

वे दोनों वहाँ से निकलने ही वाले होते है की किसी ने प्रवीण के मोबाईल पर कॉल किया, प्रवीण पॉकेट से मोबाईल निकाला, प्रिया पूछी,"किसका फोन है।"

"कबीर का।"

उधर से पता चला की यूनिवर्सिटी में ही किसी ने संगीत कक्षा की व्यवस्था कर दी हैं। प्रवीण बहुत खुश हुआ, वह प्रिया को लेकर सीधा यूनिवर्सिटी पहुचा।

फिर क्या था होनहार वीरबान को होत चिकने पात जब प्रवीण वहाँ महज़ूद ही था तो भला प्रिया को किसी बात की टेंशन लेने की क्या जरूरत।

प्रवीण प्रिया को समझाया,"देखो प्रिया अगर तुम थान ली है की तुम्हें सिंगर ही बनोगी तो बस अपने लक्ष्य पर कान्सन्ट्रैट करना, हमेसा सुर से सुर मिलाने की सोचना। कभी घमंड मत करना की तुम सबसे अच्छी गाती हो और बगल वाला सबसे बेकार, और लाइफ में हमेसा एक चीज याद रखना बी पायलट तू यॉर्सेल्फ।"

"हाउ स्वीट यू आर प्रवीण। एक तरफ तुम अपने फूटबॉलर बनने के सपने को सच में बदलना चाहते हो और दूसरी तरफ मेरे सपनों को भी पंख लगाना चाहते हो, कही दो नाव के चक्कर में बीच समंदर में न डूब जाओ ।"

प्रवीण प्रिया के मुँह प्रिया के मुँह पर हाथ ऐसे रखा मानों प्रिया ने कुछ गलत कह दिया हो,"नहीं प्रिया, ऐसा कभी मत सोचना। समंदर का तूफान कितना भी तेज हो जीस नाव पर हम सवार है वह हमे पार लगा देगी। और रही बात सपनों की तो हमेसा याद रखना वादे कीये ही जाते है

निभाने के लिए, तोड़ने के लिए नहीं।" फिर वे दोनों गले मिले।

∽

(II)

अगले दिन फुटबॉल के कोच अखिल किसी अन्य कोच को लेकर आए, और वह कोई और नहीं बल्कि प्रवीण के बचपन के ही कोच अखिल थे। प्रवीण, कबीर व मुन्ना ने जब उन्हे देखा तो उन्हे यकीन नहीं हो रहा था।

अखिल बोले,"सो, माइ डिअर फुटबॉल टीम, आज आप एक नए कोच मिस्टर हिमेश से मिले होंगे, यदि नहीं मिले तो अब मिल लीजिए। ये यहाँ पर आपको फुटबॉल की ऐसी ट्रैनिंग देने आए है जिसके बाद आप अगर चाहे तो फिफा में खेल सकते है, और आपको एक और बात जानकर खुशी होगी की हमारा टीम नेक्स्ट वीक मुंबई जा रहा है, वहाँ (इंडियन इंटरनेशनल फुटबॉल लीग) में हिस्सा लेने।" इतना सुनना था की सभी खिलाड़ियों में उत्साह भर आया वे बस सोचने लगे की उनका सपना अब उनसे कुछ ही दिनों की दूरी पर है।

तभी हिमेश सर बोले,"डिअर प्लेयर, इतना भी जोश में आने की जरूरत नहीं है। इससे आपका कान्फिडन्स बढ़ेगा सो बढ़ेगा ओवर कान्फिडन्स भी हो सकता है और हम जानते है की ओवर कान्फिडन्स होना कितना खतरनाक है। मुझे यहां पर खासकर इसीलिए बुलाया गया है ताकि मैं आपको अच्छी से अच्छी ट्रैनिंग दे सकु।

तो पहले आप लोग वर्किंग टाइम के बारे में जान लीजिए, हमारे पास मात्र 7 दिन है। तो हम आज और कल फुटबॉल की प्रैक्टिस न कर कोई और गेम खेलेंगे जिससे हमारा बॉडी रबर की तरह हो और हम गोल अच्छे से बना सके। उसके बाद 3 दिन हम लोग फुटबॉल की प्रैक्टिस करेंगे और 6 ठे दिन आप सब की हॉलीडे होगी। घर जाना है तो घर जाइए और 7 वे दिन वे विल फ्लाई तू मुंबई।"

कबीर ने पूछा,"तो सर क्या हम लोग मुंबई जाएंगे और हमारा कॉम्पटीसीऑन शुरू हो जाएगा।"

“नो, ऐसा बिल्कुल नहीं होगा। देखों खिलाड़ियों मैं एक चीज को क्लेयर कर देना चाहता हूँ, मुंबई तुम लोग 1 महीने के लिए जा रहे हो वहाँ घूमो फिरो मस्तियाँ करो, ट्रैनिंग भी दी जाएगी लेकिन सिर्फ सेमी फाइनल और फाइनल के लिए।

बात रही मैच की तो सिर्फ 3 मैच होंगे अगर तीसरा मैच जीत जाते हो तो डायरेक्ट सेमी फाइनल और देन फाइनल। अगर रेयली में सुकेससफुल बनना है तो एक चीज हमेसा याद रखना, बी पायलट तू यॉर्सेल्फ।“

लंच ब्रेक का समय था, मौका मिल तो प्रवीण ने सोचा की घर का हाल खबर ले लूँ मगर यहाँ पर भी किस्मत ने उसकी एक बार फिर साथ न दी (नेटवर्क ही नहीं था),”इस नेटवर्क को भी अभी ही जाना था।“

“फिक्र मत करों, तुम मेरा फोन इस्तमाल कर सकते हो।“ पीछे से हिमेश सर प्रवीण के समक्ष आए। प्रवीण हिमेश सर को देख फुले न समाया वह उनके गले लगा आऊर बोला,”सर यू आर बैक अगैन, और मैं उम्मीद करता हूँ की आप कोच बने है तो हमारा टीम जरूर जीतेगा।“

“नहीं प्रवीण ऐसा बोलना सही नहीं है।“

“मगर क्यू ? सर, बचपन में तो आप.....।“

“बचपन की बात कुछ और थी।“ हिमेश सर ने प्रवीण से कहा,”उस वक्त और इस वक्त में जमीन आसमन का फर्क है। उस समय तुम उसी मैदान पर खेलते थे जहाँ से लगाव थी मगर अब वह नहीं है कल मुंबई जाओगे और वहाँ की मिट्टी यहां की मिट्टी से बिल्कुल अलग मिलेगी।“

“सर आप मुझे डरा रहे है क्या ?” प्रवीण ने सक के नजरिए से देखा और पूछा,”आप मैदान की बात कर रहे है, तो इसमे कौन सी बड़ी बात है। अगर खिलाड़ी में सच्ची लगन हो तो वह कभी भी मैदान के बारे में नहीं सोचेगा, मैदान कितना भी उथल पुथल क्यू न हो जीतने वाला जीत ही जाता है।“

यह बात सुनकर हिमेश सर बहुत प्रसन्न हुए, मानों उसको गुरु दक्षिणा मिल गया हो, उन्होंने प्रवीण को गले से लगाया और हर्षो उल्लास से बोले,”आज मुझे मेरा गुरु दक्षिणा मिल गया है। अब जब तुम थान ही लिए हो, तो तुम्हें कोई नहीं रोक सकता।“

प्रैक्टिस के बाद जब सभी लोगों को मौका मिला तो सबों ने क्विज़ करने का प्लान बनाया, वहाँ पर प्रवीण, कबीर, मुन्ना और हिमेश सर के साथ साथ सभी खिलाड़ी महजूद थे।

"ह तो गेम शुरू की जाए।" अखिल ने कहा," 12 जनवरी 2005 को क्या हुआ था ?"

मुन्ना बोला,"सर मुझे लगता है उस दिन आपका शादी हुआ था।" यह सुनकर वहाँ महज़ूद लोगों के मुँह से हसी के गुब्बारे निकलने लगे। इसी प्रकार कुछ लोगों ने ऊटपटाँग जवाब दिया।

फिर प्रवीण बोला,"सर मुझे लगता है उस दिन अमरीश पूरी जी का निधन हुआ था।"

"दैटस राइट।" अखिल बोले।

"अगला प्रश्न 12 अक्टूबर 2014 को क्या हुआ था ?"

"सर, आई एस अल शुरू हुआ था।"

"दैटस ऑल्सो राइट।"

अखिल ने फिर पूछा,"12.....।" वे आगे बोलते की कबीर ने कहा,"सर आप केबल 12, 12, 12 कीये जा रहे है, आपको कोई और डेट याद नहीं आती क्या ?"

"अब क्या करू ! 12 तारीख मेरे लाइफ का सबसे अनमोल तारीख जो है।"

मुन्ना चुटकी लेते हुए बोला,"सर, पक्का ये आपकी शादी की डेट है न।"

"हा।"

3

(I)

म्यूजिक क्लास में प्रिया अपनें सहपाठियों के संग संगीत सीखने को बेताब थी। उसके अंदर उत्सुकता की भावना जाग रही थी की कब संगीत के उस्ताद आए और उनके स्वप्न में चार चाँद लगे। मगर खबर मिली की शास्त्री जी जो संगीत की कक्षा लेने वाले थे वे अब इस दुनिया में नहीं रहे। ब्लड प्रेशर हाई होने के कारण उनका देहांत हो गया, प्रिया के सपनों पर एक बार फिर पानी फिर गया, एक बार फिर सूर्य ग्रहण लग चुका था। आसमान मानों ये कह रही थी की अब कुछ नहीं हो सकता मगर प्रिया के अंदर सच्ची लग्न थी, संगीत अब उसका सपना ही नहीं जिंदगी बन चुका था। और वह अपने अनमोल जिंदगी को इस तरह खोना नहीं चाहती ।

"ओ! तो आप यहां स्क्रिप्ट निकाल रहे है।" आँखों में आँसू लिए प्रिया प्रवीण के पास गई।

प्रवीण अपना स्क्रिप्ट निकालने में व्यस्त था, उसने प्रिया की तरफ देखा तक नहीं, वह बोला,"हा, क्या करू जानु तुम्हारे लिए ही निकाल रहा हूँ, सोचा की आज तुम्हारा म्यूजिक क्लास है तो क्यू न तुम कोई इम्प्रेसिव गाना गाकर शास्त्री जी को इम्प्रेस कर लो और फिर......।" इतना कहकर वह सामने रखी आईने में प्रिया को देखा वह बेचारी रो रही थी। प्रवीण झट से उठा और कारण पूछा, प्रिया कारण बता दी। प्रवीण सहानुभूति जताते हुए बोला,"डॉन्ट वरी रिया, ये लाइफ है। कुछ भी हो सकता है, पता नहीं कब किसका बुलावा आ जाए और जाना पड़े। वैसे डॉन्ट वरी मैंने जो वादा तुमसे किया था वह भली भांति याद है, और बी

पायलट तू यॉर्सेल्फ।"

मानों प्रिया को कुछ शांति मिली हो, वह चुप-चाप यूनिवर्सिटी के बगीचे में जाकर अकेले ही किसी गाने का रियाज़ करने लगी।

उधर प्रवीण को अपने फुटबॉल का चिंता था ही मगर प्रैक्टिस के दौरान उसे बार बार प्रिया के खाविशो की अधूरी दास्तान याद आ रही थी। ब्रेक के टाइम उसने अपने लँगोटिए यार कबीर से अपनी समस्या बताई।

कबीर ने साफ साफ कहा ,"देख यार, मैं तो सीधा कह रहा हूँ की तू अभी दो नावों की सवारी कर रहा है एक तरफ IIFL जीतने के लिए खुद को आराम करने नहीं दे रहा और दूसरी तरफ तू चाहता है की प्रिया का सिंगर बनने का सपना है वह भी पूरा हो, यार तू दो ऐसे दीवार के बीच फँस गया है जहां से एक को तोड़े बगैर नहीं निकल सकता, या तो तू फुटबॉल को क्विट कर ले या प्रिया के सपना को।"

"यार कबीर तू मुझे सग्जेस्चन दे रहा है या भड़का रहा है।"

"मैं तुम्हें सच्चाई से अवगत करा रहा हूँ।"

"सच्चाई से ! तुम बोला रहे हो फुटबॉल को क्विट कर दो, मगर ये पॉसिबल नहीं है। तुम्हें तो मालूम ही है की फुटबॉल मेरा सपना ही नहीं बल्कि लाइफ है। मैंने बचपन से लेकर आज तक यही सपना देखा है की एक दिन फिफा को अपने नाम करूँ, मगर यहाँ आकर पता चला इंडिया तो फिफा में है ही नहीं, उस वक्त मुझे दुख लगा। मगर आज जब मौका मिला है तो क्विट कर दूँ । और रही बात प्रिया के सपनों की तो मैं एक ही बात कहूँगा – द ऐंगल ऑफ लव इज नॉट राइट बट हर्ट।"

छुट्टी का दिन आ चुका था, मगर एक खुशखबरी कबीर लेकर आया उसने कहा," प्रिया को द गोल्डन वॉयस में नामनेट कर लिया गया है और आज दोपहर को ही ऑडिशन है। प्रिया के कानों पर विश्वास नहीं हो रहा था। वह कारण पूछी तो कबीर ने कुछ यूँ जवाब दिया,"मैडम जी, याद कीजिए दो दिन पहले आप गार्डन के लास्ट बेंच पर बैठकर क्या गा रही थी, याद आया कुछ ? अगर नहीं आया तो मैं आपको बता देता हूँ आप वहाँ गाने की प्रैक्टिस कर रही थी, उसी वक्त मैंने चुपके से गाना रिकार्ड किया और सीधा ऑडिशन के लिए भेज दिया।"

"थैंक यू कबीर। तुमने अपनी दोस्ती साबित कर ही दी।" प्रवीण कबीर के गले लगा और शुक्रियादा किया।

कबीर ने झट मंगनी पट व्याह वाली बात कर दी यहां पर उसने कहा,"अह! ऐसे काम नहीं चलेगा देख प्रवीण दोस्त होने के नाते तो मैंने तेरा काम कर दिया अब तुम्हें भी मेरा काम करना ही होगा।"

"हाँ बोलो, क्या काम है ?"

"चाहिए तो कुछ नहीं बस प्रिया को जल्दी से मेरी भाभी बना दो।"

(II)

लगभग पाँच साल बाद प्रवीण अपने घर गया, घर के सभी लोग खुश मिजाज थे। घर में थे तो तीन ही लोग मगर वे सब प्रवीण की एक झलक पाने के लिए उतारू थे। साधन आरती किओ थाल लेकर आई और प्रवीण का स्वागत की। प्रवीण साधन और रवींद्र को प्रणाम कार घर में गया। लोगोंन की उत्साह से मानों सारा घर जगमगाया हो।

उधर प्रिया के यहाँ भी कुछ यहीं हुआ। प्रिया के पिता मेजर हृदय ने प्रिया का स्वागत किए और बोले,"कैसी हो माइ डिअर डॉटर।"

"फाइन पापा और आप ।"

"अरे! जैसी तुम। वैसे प्रवीण कैसा है। वह आया नहीं क्यू?"

"वह ठीक है पापा, और आज आप अचानक प्रवीण के बारें में क्यू पुच रहे है।"

"अब क्या बताऊ बेटी, पूछना पड़ता है अगर न पूछूँ तो तुम नाराज हो जाओगी।"

"हाँ, पापा एक बात बताना तो आपको भूल ही गई, आज दोपहर को भोपाल में ऑडिशन है सिंगिंग का इसीलिए मुझे ब्रेक्फस्ट दीजिए जल्दी से।"

"हा हा क्यू नहीं।"

दोपहर का वक्त था, प्रवीण अपना बाइक लिया और कही जाने लगा, रवींद्र पूछे कहा जा रहे हो तो प्रवीण ने सारी बात दादा जी को बताई। यह सुनकर दादा जी बहुत खुश हुए, व खुशी-खुशी प्रवीण को जाने की

अनुमति दी।

प्रवीण प्रिया को उसके घर से पिकप कर पहुचा सीधा 'द गोल्डन वॉयस' के चैम्बर में वहाँ ऑडिशन कोई और नहीं बल्कि खुद सोनू निगम ले रहे थे।

प्रिया उनका नाम सुनकर नर्वस हो गई। प्रवीण ने समझाया,"प्रिय, नर्वस मत हो तुम्हारा एक नर्वस्नेस तुम्हारी ऐम को कुचल सकता है। दिल में बस एक ही ख्याल रखना की तुम ये ऑडिशन जीतने के लिए रही हो।" उसी वक्त प्रिया का नाम अनाउन्स हुआ,"बेस्ट ऑफ लक।"

प्रिया मंच पर गई वह नर्वस्नेस फ़ील कर रही थी। मगर जैसे ही प्रवीण को देखि सारी नर्वस्नेस दूर है और फिर क्या था, सुरों का संग्राम शुरू हो गया।

प्रिया ने जैसे गाना खत्म किया पूरा स्टेज तालियों की गूंज से भर गया, जजों के स्टैन्डींग ओवैशन के साथ प्रिया का सिलेक्शन हो गया।

वक्त अब आ गया था की प्रवीण अपने टीम के साथ मुंबई जाए और IIFL जीत कर आए। प्रवीण अपनी घड़ी भूल गया, वह घर में ढूंढा मगर कही नहीं मिला। आखिर वह एक दराज में मिली मगर वहाँ घड़ी के साथ साथ एक चिट्ठी भी थी, प्रवीण सोचा की क्यू न इसे पढ़ा जाए और किया भी वही मगर पढ़ने के बाद उसे उस सच्चाई का पता चला जिससे वह अब तक अवगत नहीं था।

उसके आँखों में आसुँ थे, वह चिल्लाया," मा आ आ अअ आ आ ।"

4

(I)

घर के आँगन में सभी सदस्य महज़ूद हो गए, प्रवीण ने साधना से पूछा,"ये क्या है माँ?"

"बेटा तुम्हें ये कहाँ से मिला?"

"माँ पहले मेरे सवाल का जवाब दीजिए ये सब क्या है ? और अपने इतना बड़ा सच मुझसे क्यू छुपाया। क्यू पापा को वापस नहीं आने दिया ? क्यू मेरे भाई को मुझसे छिन लिया, क्यू माँ क्यू, जवाब दीजिए।"

साधना एक बार फिर भाभूक हो उठी, उसके नेत्र आँसू से भर गए, वह कहती भी तो क्या कहती कुछ समझ नहीं आ रहा था।

"आपके पास जवाब नहीं है न माँ । आखिर उस दिन हुआ क्या था जिसके कारण सारें रिश्ते नातें तोड़ने पड़े आपको। जिसके कारण मुझे मेरे भाई से अलग कर दिया आपने, जवाब दीजिए माँ जवाब दीजिए।"

साधना भी विवश थी वह जवाब देती भी तो कैसे और क्या, अपने दिल पर पत्थर रखकर बोली,"सुनना चाहते हो न तो सुनो।

उस दिन तुम दोनों भाई का बर्थ्डे था। घर में मेहमानों का आना जाना लगा हुआ था। बस केक कटने की देरी थी।

रवींद्र पूछे,"बहु सारी तैयारियां हो गई।"

"हाँ पापा जी हो चुकी है सारी तैयारियां, अब बस जल्दी से ये आ जाए तो केक भी कट जाएगी ।"

"लेकीन बहु बर्थ्डे तो मेरे लाले-मुने का है तो फिर केक रणदीप क्यू काटेगा।"

"मेरे कहने का मतलब है उन्हे आने दीजिए, उसके बाद केक कटेगा।"

"अच्छा तो ऐसे कहो न बहु।"

सारे मेहमान इंतजार कर चले गए मगर रणदीप नहीं आया, रवींद्र गुस्से में आग बबूला हो चुके थे,"आने दो, आने दो आज उसे आज फैसला होकर ही रहेगा, रोज-रोज का यह तमाशा आज खत्म ही हो जाएगा।"

रात लगभग 1 बजे रणदीप घर आया। रवींद्र जी ने दरवाजे पर ही उसे रोका – फिर भी, रणदीप नशे में तो था ही कुछ देखी न सुनी अपने एक बेटे को लिया और जाने लगा। साधन पूछती रह गई मगर बिन कहे वह चला गया।

.... और उसके बाद चिट्ठी आई की तुम्हारे पापा मुंबई में है।

प्रवीण कुछ देर सोचा और अपने आँसू पोंछते हुए बोला,"माँ दादा जी आप लोग चिंता मत कीजिए, मैं मुंबई ही तो जा रहा हूँ। ये मेरा वादा है खेल की ट्रॉफी के साथ अपने परिवार को वापस फिर से एक कर दूंगा।"

रवींद्र ने कहा,"मेरी दुआ तुम्हारे साथ है बीटा।"

उसके बाद प्रवीण अपने साथियों के साथ एयरपोर्ट के लिए रवाना हो गया।

वे लोग एयरपोर्ट पहुचे, प्रिया वहाँ पर पहले से महज़ूद थी। प्रवीण उसके समीप गया और बोला,"व्हाट आ सप्राइज़ तुम यहां।"

"हाँ क्या करू ? रहा नहीं गया सो चली आई। वैसे मैं कुछ लाई हूँ।"

"भला तुम क्या ला सकती हो?"

"तुम्हारा फेवरेट आम का सौस।"

"वॉव! थैंक्स प्रिय। वैसे जब भी तुम्हारी याद आएगी ये सौस जरूर खाऊँगा। एण्ड बेस्ट ऑफ लक फॉर योर एलबम।"

"सेंम तू यू।"

फिर क्या था। प्लेन का समय हुआ और भाई साहब उड़ पड़े।

मुंबई एयरपोर्ट से मिश्र जाने के लिए एयर इंडिया की जहाज आ-342 333 यात्री को लेकर उडी। उड़ने के समय टक सब कुछ ठीक हि था। कोई नहीं जानता था की उड़ान शुरू होने के तीन मिनट बाद ही उन्हे आसमान

रौद्र

में किसी बिन बुलाई मुसीबत का सामना करना पड़ेगा।

यह मुसीबत पक्षियों के झुंड का रूप लेकर आई थी। जहाज अपनी पूरी उचाई पर पहुंचा भी नहीं था की आसमान में उड़ते पक्षियों का एक झुंड सीधा वायुयान से जा टकराया। टक्कर जोरदार थी, जहाज के दोनों इंजन एक साथ बंद हो गए। चालक दल ने लाख कोशिसे की लेकिन इंजन चालू नहीं हो पाया।

जहाज के कप्तान प्रमोद (प्रवीण का जुड़वा भाई व हमशक्ल) ने हौसला नहीं खोया। तुरंत एक साहसिक निर्णय लिया, उसने वायुयान नियंत्रणकक्ष को सूचित किया,"मैं यान को यमुना नदी पर उतार रहा हूँ।" जैसे यमुना कोई नदी न होकर छोटा मोटा हवाई अड्डा हो।

हाँ सचमुच किसी हवाई पट्टी पर नहीं, किसी लंबी चौड़ी सड़क पर नहीं किसी विशाल मैदान पर नहीं। ऐसा निर्णय जिसपर कोई भी एकाएक विश्वास न कर पाए।

दूर खड़े सब लोग इस करिश्मे को आँखे फाड़-फाड़कर देख रहे थे। लेकिन यह क्या जहाज तो उतरकर पहियों पर दौड़ता है और उसकी नाक आगे होती है और दुम पीछे, पर यहाँ तो बात ही अजीब थी। जहाज की दम नीचे पानी में थी और नाक ऊपर को उठी थी।

तो यह सब उल्टा पुलट कैसे हुआ ? अनुभवी चालक जहाज के साथ ऐसा खिलवाड़ क्यू कर बैठा ?

वास्तव में इसमें कुछ भी उलट पुलट नहीं था। न यह चालक की गलती थी, न अजीब खिलवाड़ था। यह तो पायलट प्रमोद का अत्यंत की बुद्धिमत्तापूर्ण निर्णय था।

कुछ छन बाद जहाज पानी में उतरी और लोगों को एक एक कर निकाला गया। अनुभवी पायलट को चारों तरफ से दुआ मिल रही थी।

आखिरकार पूरी यूनिवर्सिटी और मध्य प्रदेश में अपनी जीत का लोहा मनवा चुकी प्रवीण की टीम महाराष्ट्र की स्रजमी पर पहुच ही गई, क्या यह टीम यहां भी अपने अपोनन्ट टीम को धूल चटा पाएगी या मुँह की कहकर वापस जाएगी देखना दिलचसप होगा।

सभी लोगोंन को सूचित किया गया की वे ताज होटल में आश्रय ले। मुन्ना को कुछ समझ नहीं आया वह पूछा,"यार, प्रविन ताज महल तो

आगरा में है न यानि की हमे अब आगरा जाना होगा।"

"अबे! पागल यहाँ ताज महल नहीं। ताज होटल की बात की जा रही है। 2008 में कसाब ने बम बिसफोट इसी में किया था।"

"अच्छा, तो यह वह है। पहले बताना चाहिए था न ।"

सभी कहिउलड़ी ताज होटल पहुच गए और अपने अपने कक्ष में गए। प्रवीण जाते ही बेड पर लेता और अपनी पॉकेट से मोबाईल निकालकर अपनी माँ के यहां कॉल किया,"हाँ माँ मैं पहुच गया, घर पे सब ठीक है न।"

"हाँ बेटा सब ठीक है वैसे बहुत जल्दी पहुच गए।"

"क्यू माँ शक हो रहा है, तुम्हें तो यही लग रहा होगा की अभी रास्ते में ही हूँ।"

"नहीं नहीं ऐसी बात नहीं है वैसे तुम रुके कहाँ हो।"

"ताज होटल में।"

"क्या ? ताज महल में।"

"माँ ताज महल नहीं। ताज होटल। आप दादा जी से पूछ लीजिए ताज होटल के बारे में ।"

कुछ देर बाद प्रवीण के कानों में गणपट्टी बप्पा मोरया का आवाज़ आने लगा। वह अपने कमरे की खिड़की खोलता है तो कुछ लोग गणेश जी की मूर्ति ले विसर्जन के लिए जा रहे थे कबीर के साथ वह भी उन लोगों में सामील हो गया।

༄

(II)

पहला दिन तो सबों का अच्छा गया। मगर दूसरा दिन था मैदान में जाने का। हाँ IIFL का फकल मैच उसी दिन था। हिमेश सर टीम के कोच थे, वे टीम को शास्त्री स्टेडियम जहाँ पर मैच होने वाली थी वहा ले जाने से पहले टीम का कप्तान चुनना चाहते थे नाम तो साफ था की प्रवीण ही कप्तान बनेगा और हुआ भी कुछ ऐसा ही। फिर सभी लोग पहुचे शास्त्री स्टेडियम जहाँ मैच का पहला पड़ाव शुरू हुआ।

प्रवीण ने अपने घर पर फोन कर बड़ों का आशीर्वाद लिया उसने फिर प्रिया के यहां फोन घुमाया,"हैलो, प्रिया कैसी हो ?"

"मैं ठीक हूँ, तुम कैसे हो।"

"मैं भी ठीक हूँ।"

"आज तो पहला मैच है न।"

"हा है तो।"

"वैसे टक्कर किस से है।"

"कोलकाता टाइगर से टक्कर है लेकिन हम वीर भोपाल किसी के सामने घुटने नहीं टेकेंगे।"

"उम्मीद करती हूँ ऐसा ही हो। बेस्ट ऑफ लक।"

"थैंक्स।"

इसके पश्चात सभी खिलाड़ी मैदान में उतरे। हर खेल की तरह इस टीम टीम में भी कप्तान ने सबको हौसला दिया,"देखो जीस तरह हम लोगों ने यूनिवर्सिटी में अपना लोहा मनवाया है उसी तरह यहाँ भी अपना लोहा मनवाना है, चाहे कुछ भी हो जाए हौसला मत खोना। यूनिवर्सिटी की फील्ड से यह फील्ड दो गुना बड़ा हैं। इसीलिए टीम सपोर्ट ही सबसे बड़ा शस्त्र है।"

-----और फिर राष्ट्र गण के साथ मैच शुरू हुआ।

वक्ता,"दोनों टीमों ने की है बेहतर सुरुआत एक तरफ है कोलकाता टाइगर तो दूसरी तरफ है वीर भोपाल। वीर भोपाल के कप्तान प्रवीण जो यूनिवर्सिटी में अपना लोहा मनवा चुके है उनकी टक्कर हो रही है कोलकाता टाइगर से जिसमे जर्मनी की तरफ से फिफा खेल चुके कुछ दिग्गज खिलाड़ी भी है। अब देखना दिलचस्प होगा की यहा जीत किसकी होती है कभी न हार मानने वाली टीम वीर भोपाल की या कोलकाता टाइगर की।"

घर पर सभी लोग टीवी से यूँ चिपके हुए है मानों वे टीवी नहीं, टीवी उनको देख रहा है। मुखिया काका वहाँ आए रवींद्र ने उनका अभिनंदन किया। वे बोले," भगवान ऐसा बेटा सबको दे। एक दिन प्रवीण ने ही मुझसे कहा था, मुखिया काका मैं फिफा जीत लूँगा और आज देखो वह टीवी पर आ रहा है।"

वहाँ प्रिया भी घर के मंदिर में भगवान की पूजा कर रही थी। यह देखकर हृदय बहुत खुश हुए।

वक्ता,"और और ये लगा वीर भोपाल की तरफ से पहला गोल, मगर कोलकता टाइगर भी कुछ कम नहीं कोशिश उनकी बरकरार है और ये उन्होंने भी दागे एक गोल। दोनों टीमों की स्कोर बिल्कुल बराबर बस देखना दिलचस्प होगा की कौन सी टीम बाजी मार जाती है और इसी के साथ टाइगर का एक और गोल वीर पीछे, मगर यह क्या वीर भोपाल के दो दो खिलाड़ी जखमी हो गए लगता है से सौकर का नहीं जंग का मैदान है। वीर भोपाल की टीम का हौसला कही डगमगा रहा है, मगर प्रवीण के आँखों मे उम्मीद की किरने अभी भी जगमगा रही है। सपनों पर पानी फेड़ते हुए टाइगर का तीसरा गोल।" और इसी के साथ दिरस्त राउन्ड खत्म।

प्रवीण अपने टीम के पास गया और बोला,"क्या हो गया है तुम लोगोंन को, तुम लोग ठीक से खेल क्यू नहीं रहे हम यहा जीतने आए है न, की नाक कटवाने।"

एक खिलाड़ी बोला,"क्या क्रे प्रवीण भाई यहां की मैदान ही वैसी है। हमारे यहाँ की मिट्टी थोड़ी नरम थी, मगर यहा की मिट्टी मानों पत्थर।"

"मैं समझ सकता हूँ तुम लोग क्या कहना चाहते हो। मगर एक बात तुम लोग शायद भूल रहे हो, हिमेश डर ने क्या कहा था – बी पायलट टू यॉर्सेल्फ, अपने अंदर के पायलट को जगाओ और इन्हे बता दो की हम वीर भोपाल क्या क्या कर सकते है।"

राउन्ड 2

वक्ता, "एक बार फिर आमने सामने है वीर भोपाल और कोलकाता टाइगर देखना है इस बार कौन बाजी मार पाता है दोनों मे शानदार खेल हो रही है, लग रहा है वीर भोपाल ने फिर से वापसी कर ली है और एक गोल दागा, शानदार दमदार मैच वीर भोपाल की तरफ से। गोल फिर दागी अब दोनों टीमों का स्कोर बिल्कुल बराबर, एक मिनट शेष देखना रोमांचक होगा की कौन सी टीम जीतती है और इसी के साथ टाइगर ने एक गोल लगाना चाहा मगर सर से बॉल को रिटर्न कर वीर भोपाल के

खिलाड़ी कबीर ने चौथा गोल दागा अपनी टीम को जीत दिलवाई।"

यह जश्न प्रवीण के गाँव में भी मनाया गया। मुखिया जी ने कहा,"मुबारक हो रवींद्र तुम्हारे पोते ने अपनी पहली मैच में जीत हासिल कर ली है।"

प्रिया ने तुरंत ही प्रवीण को फोन घुमाया, इधर से प्रवीण बोला,"हे, प्रिया हाउ आर यू ?"

"आई अम फाइन, लेकिन तुमने मैच में कमाल कर दिया आज तो।"
थैंक्स, ये सब तुम्हारे मांगों सॉस का ही कमाल है।"

"ओ! प्लीज मज़ाक मत उड़ाओ।" प्रिया अपने टीवी पर प्रवीण को लाइव देख रही थी। मगर उसने कुछ ऐसा देखा जीस पर शायद कोई यकीन न करे। वह बोली,"हे प्रवीण ये मैं क्या देख रही हूँ। लुक ऐत योर बैक मैन।"

"क्या देख लिया ?" यह कहकर वह पीछे मुड़ा तो देखा की स्वीपर ऑडियंस प्लेस को स्वीप कर रहा था। वह बोला,"तो इसमे कौन सी बड़ी बात है स्वीपर ही तो है।"

प्रिया कुछ घबराई हुई सी बोली,"प्रवीण मैं कहूँगी तो तुम पता नहीं बिलिव करोगे या नहीं लेकिन मैंने तुम्हारा हमशक्ल को देखा।"

"हमशक्ल।" प्रवीण को यह समझते देर न लगी की वह कोई और नहीं बल्कि उसका भाई प्रमोद है।

5

(I)

यह जगह है मराठा कालोनी, जहाँ प्रमोद अपने पिता रणदीप के साथ रहता है। प्रमोद घर आया, उसके पिता उसके लिए स्वादिस्त पकवानों का इंतेजाम किए रहते है। प्रमोद पूछता है," डैड आज इतने सारे डिनर, पार्टी है क्या ?"

"नहीं बेटा बिल्कुल नहीं ये सब तुम्हारे लिए है।"

"वॉव ! बट कुछ न कुछ तो रीज़न होगा ही।"

"रीज़न है बेटा बहुत बड़ा रीज़न है। अकटुआली कल मैंने तुम्हारे कारनामे देखे थे, सो उसकी का ये प्राइज़ समझो।"

"ओ डैड! ये कैसा प्राइज़ है, कुछ पार्टी होता तो कुछ मज़ा आता।"

"अब बेटा पार्टी करने की मेरी तो उम्र रही नहीं...।" रणदीप बोले उसी वक्त मीक्षा वहाँ आ पहुची," तो क्या हुआ अंकल पार्टी करने की आपकी उम्र भले ही चली गई लेकिन हमारी तो है न। हम तो पार्टी कर ही सकते है।"

फिर क्या था पार्टी करने से आखिर कौन रोक सकता था।

होटल के रूम में प्रवीण आराम फार्मा रहा था, उसी वक्त कबीर हाथ में अखबार लिए आया। उसने प्रवीण से पूछा,"प्रवीण तुमने कुछ न्यूज में पढ़ा है।"

"न्यूज में नहीं तो क्या हुआ ? सब कुछ ठीक तो है न।"

"कुछ ठीक नहीं है प्रवीण कुछ ठीक नहीं है।" उसने पेपर में प्रवीण को प्रमोद द्वारा किया गया कारनामा के बारे मे दिखाया व साथ में उसका

तस्वीर भी था,"ये क्या है प्रवीण माना की दुनिया में 7 लोग एक शक्ल के होते होंगे लेकिन जरा नाम तो देखो – प्रमोद रणदीप शर्मा।"

प्रवीण झट से अपने रूम का सारा दरवाजा बंद कर दिया और कबीर को सारी कहानी बताई।

"तो इतने दिनों से तुमने मुझे ये बात क्यू नहीं बताई।"

"ये तो मुझे भी नहीं पता था की कोई मेरा भाई भी है।"

"तू फिक्र मत कर आखिर हमारी दोस्ती काम किस दिन आएगी। एक भाई फुटबॉलर है जो किसी हवाई जहाज की तरह बॉल को हवा में उड़ाता है, तो दुसरा भाई है पायलट जो यात्रियों के साथ हवाई जहाज से स्टन्ट करता है। हिमेश सर के लैंग्वेज में बोले तो तुम दोनों कमाल के पायलट हो।"

दुसरा मैच

हिमेश सर अपने टीम मेम्बर से बोले,"देखो, तुम लोग मेरी बात को ध्यान से सुनो, आज का मैच हो सके तो बहुत ईज़ी रहेगा, मगर उतना भी ईज़ी नहीं होगा। पिछले मैच में तो दोनों इंडिया की टीम थी, मगर इस मैच में स्कोत्तलंद की पावरफुल टीम ओज़ोन है। संभल कर खेलना क्युकी इसके बाद है कुआटर फाइनल, आल द बेस्ट।"

दोनों टीम वीर भोपाल और ओज़ोन ने मैदान में दस्तखत दी। दोनों देश के नैशनल ऐन्थम के साथ खेल का सुभारम्भ हुआ।

वक्ता, " आज एक बार फिर वीर भोपाल सामने आई है, मगर इस वक्त की गेम और भी रोमांचक होने वाली है, क्युकी इस वक्त दोनों टक्कर की टीम आमने सामने है, एक तरफ इंडिया की टीम वीर भोपाल तो दूसरी तरफ स्कोत्तलंद की टीम ओज़ोन है।"

गाँव में एक बार फिर सभी लोग एकत्रित होकर फुटबॉल के खेल का आनंद ले रहे थे। रवींद्र बोले," देखना बहु, एक बार फिर मेरा पोता कमाल दिखाएगा और इन विदेशियों को मार भगाएगा।"

वक्ता, " और देखते ही देखते वीर भोपाल की टीम अपना दूसरा गोल दाग चुकी है, लग तो ऐसे रहा हैं की यह खेल आज पहले राउन्ड में ही

समाप्त हो जाएगी। दोनों टीमों का प्रयास जारी है। पहला राउन्ड खत्म होने में वक्त बहुत ही कम बाकी है।......और ये क्या वीर भोपाल ने एक और गोल दागा, लग रहा है की कोई चमत्कार हो रही है।"

पहला राउन्ड खत्म हुआ सभी कुछ पल के लिए आराम करने लगे, कप्तान प्रवीण बोला,"वेल डन बस ऐसे ही खेलते रहना। आज इन्हे धूल चटा कर ही छोड़ना, किसी भी कीमत पे ये गोल न दाग पाए।"

उसी वक्त गार्ड फोन लेकर आया,"सर, आप से कोई प्रिया बात करना चाहती है।"

"उससे कह दो अभी मैच चल रहा है 1 घंटे बाद फोन करे।"

राउन्ड 2

वक्ता, " एक बार फिर आमने सामने है, वीर भोपाल और ओज़ोन। वीर भोपाल ने अब तक तीन गोल किए है वही ओज़ोन ने एक भी नहीं, देखना होगा की ओज़ोन बाकी के बचे 15 मिनट में क्या कर पाती है।"

15 मिनट पूरे समाप्त न तो वीर भोपाल कोई गोल बना पाया और न ही ओज़ोन।

वक्ता, तो आज की ये गेम यही समाप्त होती है 3-0 से वीर भोपाल को जीत मिली।"

गेम समाप्त हुआ उसके बाद ही प्रवीण प्रिया को कॉल किया,"हाँ प्रिया बोलो।"

"पहले तुम मुझे कन्ग्रैचलैशन बोलो।"

"कन्ग्रैचलैशन! वह भी तुम्हें भला क्यू – मैच तो आखिर मैंने जीता है न।"

"वॉव ! कन्ग्रैचलैशन प्रवीण वैसे सॉरी मैं आज मैच देखना भूल गई।"

"कोई बात नहीं, वैसे तुम्हें किस चीज के लिए बधाई देनी थी।"

"तुम्हें नहीं मालूम, आज मेरा एलबम रिलीज हुआ है। वैसे व्हाट्सअप से विडिओ का लिंक भेज दिया है देख लेना।"

कुछ ही देर बात प्रवीण के मोबाईल पर मैसेज आता है, वह लिंक को क्लिक किया और प्रिया का गाना 'ओ साथिया' सुना।

रौद्र

6

कुआटर फाइनल

"अरे! आओ आओ सभी जन जल्दी से यहाँ आओ। मैच शुरू होने वाली है।" मुखिया काका सभी को बुलाते है, सामने में एक बड़ा स प्रजेक्टर लगा हुआ है जिसमे मैच का लाइव प्रदर्शन हो रहा था।

फील्ड में प्रवीण अपने टीम के प्लायर्स से बोला,"देखो पिछले दोनों मैचों की तरह ही यह मैच भी खेलना। शायद यह तो मालूम ही होगा की हम अपने लक्ष्य से बस तीन कदम की दूरी पर है। अगर कुआटर फाइनल हम जीतते है तो ही हम सेमी फाइनल में जा पाएंगे। वरना खाली हाथ ही वापस लौटना पड़ेगा।"

इस बार मैच है,
वीर भोपाल v/s दिल्ली अग्नि

दोनों टीम मैदान में उतरी जन गण के पश्चात खेल का सुभारम्भ हुआ।

वक्ता, "लगता है आज का मुकाबला एक बार फिर वीर भोपाल के हाथों मे ही जाने वाला है।"

दूसरा वक्ता ,"मगर यार सामने तो देख कौन है ? दिल्ली अग्नि, ये भी किसी से कम नहीं है, दमदार आँकरों से जीतकर आई है।"

"हाँ जो भी जो मगर वीर भोपाल भी किसी से कम नहीं है, पिछले मैच में इन्होंने ओज़ोन का जो हाल किया था कौन भूल सकता है उसे।"

मैदान मे खेल दिलचस्प हो चुका था। कलम से तो प्रत्यक्ष होगा नहीं हाँ मगर महसूस जरूर किया जा सकता है। खेल में मानों प्रवीण तो हॉकी

के जादूगर ध्यानचंद को भी पीछे चूड़ देगा, वह फुटबॉल को किस प्रकार अपने पैरों से हवा मे उछाल गोल लगता है देखने योग्य है, यहां दूसरी टीम गोल क्या लगाना चाहती है प्रवीण उनके मंसूबों पर पानी फेड़ अपनी टीम के लिए गोल लगवाता है।

वक्ता," वह! आखिरकार सलाम करना होगा उस माँ को जिसने प्रवीण जैसे दिग्गज खिलाड़ी को जन्म दी। आखिरकार जो होना था वही हुआ आज का मैच भी वीर भोपाल ने 5-0 से जीत लिया।"

पोस्ट मैच प्रेस कोन्फ्रेंस में प्रवीण बोला," अकटुआली फर्स्ट ऐत ऑल मैं हिमेश सर को थैंक्स करना चाहता हूँ, जो आज से नहीं बचपन से ही मेरे कोच रहे है। इन्होंने मुझे बस यही सिखाया है की कभी भी पीछे मुड़कर मत देखना।" इसके बाद पूरा प्लेग्राउन्ड तालियों की शोर से भर गया।

घर पर साधना यह देखकर भाभूक हो उठी। हालांकि प्रिया उस वक्त वहाँ महजूद थी वह साधना को संभालती हुई बोली,"डॉन्ट कराई ऑन्टी, अभी तो खुशी का मौका है।"

"इसीलिए तो खुशी के आँसू आ रहे है। एक बेटा मेरा इतना नाम रौशन कर रहा है अगर दोनों होते तो मेरा सीन गर्व से भर जाता।"

"दूसरा बेटा !" प्रिया आगे बोली,"यानि आंटी प्रवीण का एक और भाई था।"

"था नहीं है, हा ये सच है।" इसके बाद साधना प्रिया को सारी कहानी सुनाती है।

प्रिया को इसके बाद याद आया की वह उस दिन प्रवीण के पीछे जिसे देखी थी वह कोई और नहीं वल्की प्रवीण का भाई प्रमोद ही था।

सेमी फाइनल

बस फाइनल से एक कदम की दूरी पर आखिरकार वीर भोपाल की टीम सेमी फाइनल में पहुच ही गई। आज एक बार फिर शायद महामुकाबला होने वाला था।

आज का मैच

वीर भोपाल वनाम कैमल कराची

कबीर को जब पता चल की वह पाकिस्तानी टीम के खिलाफ खेलने जा रहा है तो वह नाराज हो गया वह प्रवीण से बोला,"यार ये क्या, ये कोई मज़ाक है ? एक तो क्रिकेट में पाकिस्तान हारने के बाद हमारा पीछा नहीं छोड़ता, और अब यह क्या फूटबॉल में भी सर उठाकर चले आए। मैं तो नहीं खेलने वाला चाहे कुछ भी हो जाए।"

"क्यू नहीं खेलेगा तू, हा कही तू पाकिस्तान की टीम से डरता तो नहीं है।"

"नहीं नहीं ऐसी बात बिल्कुल नहीं है।"

"तो कौन सी बात है ?"

"बात वह नहीं है, मैं यह कह रहा था की जब दोनों एक दूसरे के इतने बड़े दुश्मन है तो गेम में एक साथ क्यू आ जाते है।"

"वह तो मुझे पता नहीं, मगर हा यह जरूर पता है की जीत हमारी इंतजार कर रही है।"

वक्ता, " और हर बार की तरह एक बार फिर भोपाल ने 6-2 से जीत हासिल की।"

अगला गेम
वीर भोपाल v/s मद्रास कैफै
2 दिन बाद।

प्रवीण जब गार्डन में अपने दोस्तों के साथ मॉर्निंग वाक पे था उसी वक्त मीक्षा (प्रमोद की दोस्त) वहाँ आ पहुचती है,"हे ! प्रमोद नाइस तू सी यू आज तुम मॉर्निंग वाक पे कैसे।"

"मैं तो रोज आता हूँ।"

"रोज आते हो, मगर मिले नहीं कभी।"

"जी, कैसे मिलता, मैं तो आपको जानता तक नहीं।"

"नहीं जानते।"

"नहीं,"

मीक्षा को कुछ गड़बड़ लगा, वह प्रवीण का माथा और शरीर छूकर बोली,"तुम्हारा तबीयत तो ठीक है न, ये जी, जी क्या लगा रखा है। और झूठ क्यू बोला रहे हो की मुझे पहचानते नहीं।"

"जी, मैंने कहा न, मैं आपको नहीं जानता। वैसे मेरा नाम प्रमोद नहीं प्रवीण है।" यह कहकर वह आगे की ओर बढ़ा।

मीक्षा को कुछ समझ नहीं आया, उसे लगा की वह दिन में सपने देख रही हैं। एक बार फिर प्रवीण के पीछे गई।

"अच्छा तो तुम प्रमोद नहीं हो।"

"हरगिज नहीं ।"

"अच्छा तो तुम मुझे ये बताओ की तुम्हारा फेवरेट स्पोर्ट्स कौन सा है ?"

"जी, फुटबॉलर हूँ तो फुटबॉल ही होगा।"

"अच्छा, फुटबॉलर हो तो फुटबॉल हइगा। कुछ पहले नदी पर प्लेन उतारकर पूरी दुनिया में अपना नाम कमा लिया लोग कहने लगे की प्रमोद एक अच्छा पायलट है और आज तुम खुद को फुटबॉलर घोषित कर रहे हो।"

मीक्षा कुछ आगे बोलती की प्रवीण ने कहा,"क्या कहा तुमने अभी, पायलट प्रमोद।" प्रवीण मीक्षा को सामने वाले बेंच पर ले गया और सारी कहानी बताई।

मीक्षा को और दूसरों की तरह कानों पर विश्वास न हुआ फिर भी वह मानते हुए बोली,"अच्छा तो ये बात है, हो सके तो मैं तुम्हारी कुछ मदद कर सकती हूँ।"

"जब प्रमोद से तुम्हारा इतना अच्छा कान्टैक्ट है, तो तो कुछ क्या पूरा मदद कर सकती हो।"

"हाँ, शायद तुम्हारा कहना सही है। एक काम करो तुम अपना होटल का अड्रेस डे दो। हो सके तो शाम को तुम अपने फॅमिली के साथ रहोगे।" प्रवीण मीक्षा को अपने होटल का पता दिया।

अखिल सर अब फुटबॉल के टीम 'मद्रास कैफै' के कोच थे। वे उस टीम के कप्तान भाऊ से बात कर रहे थे,"देखो भाऊ किसी भी कीमत पे हमे इस फाइनल को जीतना है।"

"बट हाउ सर, ये बहुत ही टफ वर्क है, सामने में वीर भोपाल की टीम है जो किसी ऐटम बम से कम नहीं।"

"तुमने शायद ये कहावत नहीं सुनी है हार के जीतने वाले को बाजीगर कहते है।"

"बट सर, मेरे को एक बात समझ नहीं आता। जब आप अलरेयडी उस टीम के कोच रह चुके है, तो फिर आप उसके अगैन्स्ट क्यू जाना चाहते है।"

"अगैन्स्ट जाने के पीछे बस एक ही मकसद है, उसके कप्तान प्रवीण।"

"प्रवीण, वह तो अच्छा खिलाड़ी है।"

"और मैं नहीं चाहता की वह फाइनल में खेले। अगर वह खेला तो जीत उसी की होगी चाहे कुछ भी हो जाए परसों के मैच में वह नहीं खेलना चाहिए।"

7

(I)

मीक्षा अब तक प्रमोद के घर पहुच चुकी थी। वह उसके पिता रणदीप को सारी कहानियाँ सुनाती है। रणदीप बेचारे रो पड़े, वह बोले,"लोग ठीक ही कहते है, लोगों को अपने किए की सजा इसी जन्म में मिल जाती है। जब मुझे मेरे गलती का एहेसास हुआ तो मैंने तयार भेजे। मगर कोई रीस्पान्स नहीं मिला, तब ही मैं समझ गया की मेरे घर के दरवाजे मेरे लिए हमेशा हमेशा के लिए बंद हो गए।"

"वाह ! पापा आपने भी क्या कमाल की बात कही।" प्रमोद घर के दरवाजे पर खड़ा हो सारी बातें सुन रहा था, "वही तो मैं सोचू की आप बार-बार मेरे बर्थ्डे पर दो दो केक क्यू कटवाते थे।"

फिर क्या था जब मिया बीवी राजी तो क्या करेगा काजी। आखिर उन तीनों की मुलाकात हो ही जाती हैं।

रात के समय प्रवीण अपने घर फोन कर यह खुशखबरी सबों को देता है, साधना तो खुशी के मारें रो पड़ी। रवींद्र जी को जब यह खबर मिली तो वे भी ललाइट हो उठे अपने बेटे और पोते से मिलने के लिए।

और फिर क्या सुबह सुबह ही रवींद्र जी, साधना और प्रिया मुंबई के लिए रवाना हो गए।

रणदीप सबों से मिलकर बहुत ही खुश होता है, वह रवींद्र जी के पास गया और बोला,"बाबू जी आप अभी भी मुझसे नाराज है।"

रवींद्र जी के आँखों में आँसू थे, रणदीप को गले लगाकर बोले,"अब घर छोड़कर मत भागना, वरना डंडे से पिटाई करूंगा।"

सभी लोग हसने लगे।

(II)

प्रवीण और प्रमोद दोनों भाईजान कुछ खरीददारी करने बाजार गए.... जो भी देखता दंग रह जाता। आखिर जुड़वा जो ठहरे और शक्ल भी बिल्कुल एक जैसी।

प्रवीण बोला,"यार जुड़वे हम जहाँ भी जा रहे है लोग हमे इस तरह क्यू घूर रहे है।"

"भाई तू नहीं समझेगा, लोग जो कर रहे है उन्हे करने दो।" वे दोनों जन आगे जाने लगे, तबही प्रमोद की नजर वेलपुड़ी पर पड़ी वह बोला,"भाई भूख लगी है, चलो कुछ खाते है।"

थोड़ी देर बाद एक धमाके की आवाज़ सुनाई दी। पता चल किसी का एक्सीडेंट हो गया। प्रवीण दौड़ते हुए उस जगह पर जाने लगा, प्रमोद भी पीछे से भागा, "कहाँ जा रहे हो।"

प्रवीण जब गया तो देखा किओ दुर्घटना ग्रसित कोई और नहीं वल्की अखिल सर थे। जैसे तैसे कर एक गाड़ी का इंतजाम कराया गया और ईमर्जन्सी वर्ड मे शिफ्ट कराया गया।

गेट के बाहर प्रवीण एक कुर्सी पर बैठा था, की प्रमोद उधर से दौड़ते हुए आया और पूछा,"क्या हुआ भाई और कौन था ये आदमी।"

"ये हमारे यूनिवर्सिटी टीम के कोच थे।" प्रवीण के आँखों में आसुँ आए, प्रमोद ने तस्सलि दी की कुछ नहीं होगा इन्हे।

थोड़ी देर बाद डॉक्टर बाहर आए और बोले,"आई अम सॉरी -----------------।"

प्रवीण को तो मानो एक बड़ा झटका लगा, अखिल सर के साथ बिताया हर पल उसके आँखों के सामने था।

8

फाइनल

वीर भोपाल vs मद्रास कैफै

आखिर जीस शानदार रात की इंतजार सबों को थी वह आ ही गई, IIFL का फाइनल।

वक्ता ,"आज एक बार फिर सामने है वीर भोपाल और विपक्ष में है मद्रास कैफै की टीम। बस देखना ये होगा की कौन सी टीम बाजी मार इस IIFL के ट्रॉफी को अपने घर ले जाती है। लेकिन उससे पहले अखिल के आत्मा के शांति के लिए 2 मिनट का मौन।"

सभी लोगों ने उन्हे भवपूर्वक श्रद्धांजलि दी और फिर मैच शुरू हुआ।

शानदार मैच की शुरुआत हुई, फुटबॉल कभी इस टीम के पास तो कभी उस टीम के पास, दोनों टीमे लगी हुई है गोल दागने के लिए।

ऑडियंस में बैठी मीक्षा प्रिया से बोली,"वैसे प्रिया तुम मुझे एक बात बताना प्रवीण में तुम ऐसी क्या देखी जो दिल दे बैठी।"

"उसका सपना, वह जितना अच्छा फुटबॉल खेलता है उतना ही अच्छा दिल का भी है।" तबही शोर हुई की मद्रास ने एक गोल दागा।

हाफ टाइम

हिमेश सर अपने टीम मेम्बर्स के पास गए और बोले,"तुम लोग का परफॉरमेंस इतना वीक क्यू जा रहा है। हर बार कॉर्नर किक या फॉल हो रहा है, व्हाट इज गोइंग ऑन मैं। माना की अखिल तुम लोगों के करीब थे लेकिन ये टाइम मातम मनाने का नहीं है, जीतने का है। गेम पे फोकस करो।" सिटी बजा और आखिर 45 का गेम शुरू।

दोनों टीमों की प्रयास जारी है, हर टीम चाहता है की एक गोल हो जाए। तबही फुटबॉल प्रवीण के पास आया, प्रवीण उसे लेकर दौड़ा। दर्शकों का उत्साह देख प्रवीण ने किक मारा और वीर भोपाल टीम का खाता खुला।

खेल अपने आखिरी मोड़ पर आ गया, मात्र 2 मिनट बचे हुए। दोनों टीमों का स्कोर 1-1 था। बस 1 गोल में ही सब कुछ बदलने वाला था, मद्रास कैफे का कप्तान भाऊ ने फुटबॉल को किक मारा जो उसके आप्जीत टीम में जाकर गोल हो जाती, प्रवीण फुटबॉल को अपनी ओर आते देखा उसने पेले किक लगाया और........

वक्ता, " टीम 'वीर भोपाल' ने IIFL का खिताब अपने नाम कर लिया है।"

पाठकों के लिए

यह पन्ना पाठकों के लिए रिक्त छोड़ी गई है , आप अपने विचार यहाँ लिख सकते है.......

www.ingramcontent.com/pod-product-compliance
Lightning Source LLC
LaVergne TN
LVHW041556070526
838199LV00046B/1996
* 9 7 9 8 8 8 8 0 5 9 7 7 7 *